渡す手

縦の感覚

黒パンをちぎるときの粘りは発酵の経緯をあらわす。食卓の中央まで伸ばした手の甲のなかの骨が鞠をつく音を思い出す。太筆は大きさ順に吊られている。雨は背伸びをして止む。

若い松林。手を濡らしてから松葉を触る。

夏の夜

ぞくぞくと色がくる。夏の夜だからだ。照らされた葉とその葉が次の葉に落とす影、照らされた幹には枝の影。照らすのは街灯でよく、街灯は夏の夜のもの。撮るといやに黄色寄りに写るので、見えていたように補正する。君へ。

タクシーもいい。タクシーは空車がいい。

夜は触りにくる。とまれ、でとまるすべての気持ちを舐め上げるようにくる。二日連続で誰からも手紙がこない。君に手紙が書きたい。書こうと思って随分が過ぎた。こたえはいらない。淋しくなどないことは自明だ。

剝くために買うライム。惰性の小松菜。パイナップルジュースは飲みながら帰る。ここは夜、夏の夜。すべての気持ちのための庭。蟬になる前の蟬が歩いている。君は。

さようなら、炭酸水の泡まみれの氷。さようなら、店の外から声で注文するタイプの珈琲豆屋さん。さようなら、存分に蔦におかされた電話ボックス。さようなら、不意打ちに嘘で応じる君。君の嘘は布袋葵の花びらみたいですね。

ぞくぞくと、さようならがくる。夏の夜だからだ。君は、君も多くの色が好きなはずで、我々は、自分自身を補うことをぬかりなく。

(昨夜タクシーに乗ったときの、ある種のまつ毛づかい。月のまわりを白む雲が月を隠したのちの、月の運行)

すべての持ちものについて、君とおそろいでないようにそむきあっていた一対の百合が、永遠の具現化でないように。置いておいたライムの皮がひからびたので、少し匂いをかいでから捨てる。ここは夜、君がこぼした提案をひそかに遂行する夏の夜。

身近な夏野菜にまつわるニュアンス

白鳥の写真が桃色単色で印刷された表紙の自由帳に漫画「野菜の冒険」を連載していた七歳の少年から、そこでの主人公を仰せつかっていたのは彼に似て頭の大きな南瓜であり、スタイリッシュな人参が参謀として仕え、トマトなども夏らしく元気を出していた。朝の光の味わい。彼が並行して別の自由帳に描き溜めていたのは「大腸迷路」で、迷路といえどもわかれ道のさほどない大腸とも脳とも見えるもりもりとした通路だったが冒険家野菜の面々がそこを迷いに訪れることはなく、ついに少年は「野菜の冒険」を強引に完結させ「大腸迷路」一本で自由帳二冊目に突入、無心に鉛筆によって線を描き加え続ける愉悦のみを味わうようになった。
早々に物語を諦めた八歳は、自分よりも少し絵の下手な、しかし断然物語を描き続けることに長けた遠くの漫画少年を思う。

十二歳になっていた。田舎に住む深い眼をした少年は、自作の長編ギャグ漫画「マジカルユナイテッド（株《あとかぶ》）」と僕の「大腸迷路」を快く交換する。無口な少年は思った通り簡単に迷路に飽きて特産の胡瓜を採ってきた。彼はひとこと「きうり天王祭へは胡瓜を二本持参し一本もらって帰ってくる」と言うが既に一本は食べてしまった。マヨネーズもなしに。君の胡瓜が。嬉しかったから。

帰宅した僕は三十六歳だった。「マジカルユナイテッド（株）《あとかぶ》」を丹念に読む。十八話「ズッキーニの持ち味」。ここで君は当然、ズッキーニという野菜の特色とその味わい、さらには持ち心地を掛けて。

僕らは僕らの冒険《迷路》をここから始めることに決めた。バトルえんぴつを転がして。描ける、描けるよ。

花筏

葱畑の畝は乾き
小さな墓原の奥の竹林へ
汗はかかない。のぼりつめれば
帰るしかなく　隣の蜜柑畑の
カゴがゆくレールとスプリンクラー
うっすらと濡れて歩く暮方の
自分は、都市から来た子だった

蔦の茂る借家の狭庭に来る目白
目白のための蜜柑は
近所の畑の人がくれたもの
名ばかりの温泉の
近くの商店の息子は
新幹線を見たことがなかった

柩をつくる仕事に就いたと
教えてくれたとき
池の緑の水に　花筏
白鷺はかしこまった口元で

このあたりの案内を買って出る
行列のできる拉麺店に
武将の名前がついていて

聞こえている　息の音
小舟は今日も　内海を傷つけにゆく
実を欠かすことのない夏蜜柑の大木
浮足立っていた
かつての大人たち

旗の匂い

市民会館に海風があたる
国旗と、市の旗
公園は改修中で
植込みに潮騒色の傘
ボートレース場へ向かう
黄土色のジャンパーたちが
青い看板の下で楽しい話をする

アロエを少し見て通り過ぎる
気軽な一日になる

蓬が旬を迎えた
敬虔なキリスト教徒の
うるわしの下睫毛を　その功罪を
云々言う蜜蜂
歩く必要のない道に
欲しくもない薺が咲き
生活がかかっているのは
我々に共通のこと
扉のない暮らしの

丁寧なゴムべら

フェンスに飾られた
造花の黒い蕊を見て海底を思い出す
魚だったころは
得意なこともいろいろあったのに
沖を汚す船舶は
伊予和紙でできている

旗の匂い
山椒のソーセージなら
炒飯に使えるな、と思った

市民会館では
我々の
情熱の舞台が始まる

森と酢漿

つかまり立ちで見る
景色の小皺に
うっすらと狂う
しじみ蝶と　しじみ蝶
公演後の生徒が
化粧を落としながら
声色を　戻す

誰が誰でもない

貝割大根の涼しい味が
背骨の傍を抜けてゆく
紙の地図を使って
日差しを遮りながら
歩いて　公団は
塗り替えたクリーム色
立葵の花の　咲きがにぶい

光を見て　ひかりと言う
言われてそう思う

風向きも知らないのに
風がいいなどと笑って
知らない哲学を
ノートに書き写した

交わした耳打ちに
二日月をかたどったべっこう飴
手渡しの宵闇に
蛍が懐いてくる
森が森のまま終わる　出入口の
切株に描かれたうずまきの

みじかいフランスパンには
酢漿の葉
呼び止めたわけでもないのに
はい、と言って
目を見て　目を閉じて
こちらを　崩しにかかる
ありがとう

我々は
書き下し文のように
ひらかれた気分をしていた

見える

果物は
喫緊の策に対し
細く蜜を零す

結末はひらめき
波頭に縮む光線の
歪を見つける

羽織るものを借りて
秘密裡に　詳らかに

空は布　草は笛
ゆたかな心ではいられない
すべての水分の周辺の明るみを
集めては粉にしてゆく
短い朝は風に見える

ゾンビは

雄弁なパッケージ、B級映画の
それがグラス、どこの家庭にもあるような
に映るとき友達は、私の前にいるのだが
唇を突き出して、うしろはカーテンが開いたままの窓
言う、いや言わない
かわいいな、雨が
降らないね、明日も

降らないといいね、カーテンを閉める
友達は立つ、パーカーのフードがくちゃっとなっていて
私はパッケージを、B級映画の
まじまじと、ゾンビか
うちにはBlu-rayを再生する機械がないんでしょ
そう言って友達は、トイレから帰ってくる
ワインとって、ついでにチーズの残りも
スクリューキャップを開けながら、友達は
笑顔がかわいいいな、明日は
降らないでしょう、気象予報士の
声質で、冷えたワインを
注ぐ片手、カフェで習ったように

私もできる、ゾンビは
グラスがワインで冷えて、死んでいるんだっけ
でも生きてる、
B級映画の、いやB級以下だよ
見てないけど、見てよ
明日返さなくちゃ、どこの家庭にもあるような
期日か、カーテンに描かれた星が
守るよ、冬のあいだ出しっぱなしだった扇風機の
もちろん、羽根の埃を
友達が見ている、かわいいな
ゾンビは、友達は
いいものだ、まじまじと

あとで、再生する

うた

セレモニーじみた期待が目の中を肯定してはうやむやにする。数え歌。当時を知らぬ我々を重宝すると手に入る歌。一本の棒に示しがつかないと折り重なって歌う縞馬。祭とは味のある雪、国賊と言われて人は大いなる麦。あるでしょう、拗れた縁に効く煎じ薬が。ここは額縁屋さん。約定を経験則で言われてもこちらはヘボ医者が好きなので。オリーブの木と塩の花、泡で出るハンドソープはやわらかな黒。子守唄。当時はかなり気に入ってまわる何かを追いかけていた。

親友

岸辺に伏せて置かれたボートの、淡水に褪せた青のペンキは、図鑑の翼竜の色。山の裏の日の当たらないあたりから、一羽ずつあらわれる。浅い湖が僕らのねぐらだ。鱗は脛に美しく、手刀は後頭にやさしい。蝙蝠も来るようだ。蝙蝠もいいねえ。

親友は翼をたたむのが苦手で、肩を僕に擦り付ける。僕は波を摘んでツノを飾る。たましいを引き摺る音で、戦の終わりを知った。魚の餌ならいつでも券売機で買える。

唯子

唯子が鋏を貸してほしいと言う。自分のがあるじゃない、と私は唯子の手許を指差して言う。そうじゃないのと唯子は言う。茜ちゃんの鋏がいいの、と言う。

私のは持ち手が黒く唯子のはパステルがかったグリーンで、刃渡がいくばくか私のの方が長く、しかもこちらの方が鋭そうで唯子のは安全っぽい、つまり唯子のはお道具箱に入っていそうな学習用の鋏、私のは家にあったものを適当に持ってきた、そういう違いがある。

そういったことをつづめて、私ののが大人だから？　と私が言うと、唯子は深く頷いた、その首の動きが不自然なので、いや私が大人なんじゃなくて鋏がね、と付け加えると、唯子は首を振る。茜ちゃんのがいいの、鋏じゃなくてもいいの、なんならお焼きでもいいの、おんなじ野沢菜味でもいいの、茜ちゃんがひとくち齧ったのがよいの、一度でも茜ちゃんのものになったものならなんでもいいの、茜ちゃん、わたし今の茜ちゃんの次の瞬間の茜ちゃんになりたいの、私ねって言い始めた茜ちゃんの、次の言葉、そうね目的語から動詞かしら、それを発するようでありたいの、茜ちゃんの鋏で、茜ちゃんが今まで切っていたそのいろ紙の続きを切りたいの、ごめんね茜ちゃん、そう言って唯子は、私の鋏を手に取り、鋏の持ち手と刃先だけが見えるように両手で持ち、祈るように手を組んだ。

私は、わざと心中を察さない風に唯子を見、なぜか震える唯子の二の腕を人差し指と中指で撫でたあと、そのまま二指を唯子の左頰に当てた。ぐっと近寄って、私が次何言うかわかる？　と尋ねながら目を合わせ、指を左耳にずらし、耳の中に入れてから自分の顔を左へ（唯子にとっては右へ）まわり込ませて、右耳に唇を当て、わかる？　ともう一度聞いた。わかりません、と悲しげに、しかし熱くなって答える唯子に、私はゆっくり、

つ、る、む、ら、さ、き、

と囁き、唇を離し、指も離して、何事もなかったかのように、唯子の鋏で、さきほどのいろ紙を切り抜いた。

唯子は、自分の手汗で金属臭を放ちだした私の鋏を持ち直し、大きく開いて、その刃の一番内側を舐めた。唾液が少し糸を引いたのが見えた。

恋路

氷雨に降られ、恋路かと思う。小洒落た礫岩が道標のごとく運命を
成立させてくれるから、物足りない意志も意外と可愛く見える。
このあたりは川から近く土地も安いので、鵯の声もいっそう。

罰

ながらえる、ことについて。刀削麺を削る前のもっちりとしたかたまりを片手に満足そうな刀削麺マスター・飛飛さん。挽肉を炒め橙の灯の街へ出よう。生活とはスープ、人生は青梗菜の茎の甘さ、などと見境なくたとえてゆけば罰が当たる、その快感。

生きていると、いつかは。棗の一粒。

アラメダ

広大な人工島にウォッカとジンの工場が隣り合う。午後を飛ぶ鷗のメタモルフォーゼ、通り抜け禁止の工場の裏の、エプロンの青年に間違いが起こる。痛くして。柊の葉のような吹き出しに台詞が格納される。肝心の鷗は海に無関心で、踊りといえばタンゴしか知らない。計算は終わったのか？　レジの銅貨を映し出す防犯カメラが、スペイン語訛りのその声も保存する。三日後に破棄される映像に、青年はエプロンを取り、ジーンズもぬいだ。痛くして。何をしてあげようか、僕の舌はあらかじめウォッカを舐めてあるんだ。

ユニオン

ペガサスブックス向かいのユニオンバンク、防犯上閉じられたままの正面入口、鉄格子。ホームレスの集う椅子があり、その前のATMでたやすく引き出せるドル紙幣の、新札という概念はここでもあるのだろうか。日本人スタッフが日本語を話してくださる。サンキュー愛してる、僕は真剣だ。ユニオン、ユニオン。ユニオンを訳すところから始めてくれ。昼寝のペガサスは日向を好むけれど日焼け止めを塗ることを忘れない。

宝石

宝石の輪郭を数本のアルミでつくり、そこにうしろから照明を当て、壁に施した。コーナーには素朴な石を置き、床には若い大理石を敷いた。入口からは死角となるところに紙を巻いた灯りをひとつ。足首の高さは薄い磨硝子にして、外の歯朶類の緑を透かすように。

上弦の月が天窓を通る夕方に、少し焦ってやってきたHは、例によってポケットチーフを忘れている。私は花瓶から抜いた白のアネモネを二本、適当な長さに切って挿してやる。スプマンテが配られ、香りは各々の顔前に爆ぜる。

座ってもいい立食。すべての人を奥の部屋へ通す。パティオにも灯を置きにゆく。今日の夜のために、この数年を過ごしてきた。

前菜は橙を基調としたもの。オレンジピールにからすみ、卵は何とでも手を繋ぐ。スライスしたトリュフの肌の質感。Hの白い横顔。強く冷やしたアルバネッロは、喉の内側を美しくする。

Che cos'è questo?

——香菜にライム、ナッツとオイルのサラダです。

抜け出して帰りたそうな、つくり笑いのH。私は主人らしく目配せを返しておく。

中央には獣を。桜の葉とともに焼いた仔羊。二メートル程度の枝を数本水瓶に生けて、山の趣を加えた。舌を平らにして紫の香りの赤を広げてほしい。

パティオ、風の夜の、鳥の去来は気まぐれな声をともなう。パンナコッタとグラッパは娘の明るさ、イタリア歌曲の所有代名詞が酔いをまわす。ピエモンテにも桜は咲き、そして散る。

エントランスの照明を一段上げ、かるい土産を配る。Hも皆と帰ってゆく。私は歯朶の葉を裏返し胞子嚢を確かめる。照明を落とし、残りのグラスを洗いに戻る。

ぼくらは音楽を

白い部屋の
西側に四枚の写真が貼ってある
そこで音楽をやる
赤茶色のマットレスに立つ
大きな罅の入った鏡には
歌うお前のシャツがうつったり見切れたり
マイクには唇をつける

ドラムは猫背で
神経が弱いベースと仲良し

写真には木
どこかの外車
小さい広場と
寒い季節
ぼくらは音楽をやる

鼠

階段を降りてすぐのところに、何駅は何号車が出口に近いかの表示があり、神保町で外に出るには3号車が適切と理解し、自分が今いる場所は2号車が停まるところだと見てわかったので、少し歩いて3号車の停止位置の前に立った。線路の向こう側の壁に、ホームが狭くなっておりますので広い場所でお待ちください、と貼り紙があるが、そんなに人もいないので壁にもたれて晩ご飯は何にしようかと考えながら待っていた。

線路になにか動きが感じられ、視線を下ろすと鼠の形である。その鼠が消え、すると線路の下を、やはり線路とほぼ同じ色の鼠が通り、向こう側の網で覆われた小さな穴へ通過したそうだが網は潜れず、そうする間にさきほどの鼠も現れた。二匹並ぶと、網を抜けようとした鼠よりさきに見た鼠の方が一回り大きく、今度は小さい方を大きい方が追いかけるように、線路の下を線路と並行に走って行った。そのさきが明るくなり、半蔵門線の紫が来た。鼠はもちろんひかれたりはしないのだろう。電車に乗るとひとつ席が空いていたが、大柄な女の大袈裟なスプリングコートが空いた席を存分に陣取っていたから、私は銀の手摺を摑んで鼠のことを感じていた。

Maxとき

おじさんは、帽子をかぶっている。むこうにいるおばさんもかぶっている。コスチューム、ではない、制服、の帽子は野球帽のかたちの、その左耳の上あたりに、安っぽい造花が、挿してある。むこうのおばさんのにも、だ。造花は、トイレを思わせた。トイレの手洗い場の花瓶の造花や石鹸ネット、あるいは、和式便所の匂い玉のネット、そういうものの仲間に思われた。プラスチックで、精巧でないつくりで、造花などない方がよかった。造花があるから、けなげにがんばっているんだというように見えた。

新幹線が到着したので、おじさんは、私の並んでいる前の入口から、新幹線に入った。むこうのおばさんもだ。私はまだ入らない。私の前に並んでいるおばあさんも、そのへんは心得ていた。

いつも乗るのぞみとは違う新幹線は二階建てで、私は二階部分に座りたかった。指定席にしなかったから、はやさが命だった。だから二十分前から私は、ここに並んでいた。私の前のおばあさんも、そういう戦略だった。おばあさんの首筋には、搔きこわしたあとがあった。たぶん蚊だろう。夏だった。夏が終わったところである。秋だ。

二階建て新幹線の自由席車両は、その車両の入口近くに、「9号車自由席」と光る、電光部分を持っていた。この新幹線は、Max ときだ。今日は Max ときに乗れる。

Maxときの電光掲示部分を見ていたら、なかにさっきのおじさんがいた。造花をつけている。踊っているように見えたが、違う、すごい速さで掃除をしている。掃除とは、そのときは、新幹線の座席の背についているテーブルを、開いて拭いては畳む、というのを繰り返すことだった。チャッくるくるピャッだった。チャッでテーブルを出しくるくると拭きピャッで閉じた。ひとつのテーブルにつき、五秒もかかっていなかった。隣に移動、そして後ろへ移動、拭き終わった列は、進行方向の変更にともない、椅子を回転させる。そのうちさっきはむこうにいたおばさんも来て、ごみ拾いをした。後ろの席まで終わらせたおじさんは、窓を拭きながら前に向かってきていた。おばさんと連絡事項を会話しながらのようだった。掃除は仕上げだ。造花が揺れている。

おじさんとおばさんは、笑顔を交わし、汗をぬぐう、シャボン玉が飛び交い、そこだけライトアップされ、きらめきのなかハイタッチを、すればよいくらいだった。この車両のこの仕事が、終わるそのひとつの達成を、ふたりで喜び合う。おじさんは小さい。おばさんも小さかった。

やがて、私の見ていたおじさんとおばさんは、ほかのおじさんやおばさんらと同じ、横の車両の出口から出てきた。若くて背の高い人もいた。何人もの同じ格好の人が並んで、だから皆あの造花を帽子につけていた。チーフと思われるおじいさんが扉の近くに立ち点検をし、彼らはお辞儀をし、また持ち場の扉に戻った。おじさんは戻って来ず、おばさんが、うちの扉の前に来た。駅のホームの柱にあるなにかと腕時計とを確認し、また位置についた。

私はおじさんが好きだった。この扉の前にまたおじさんが帰ってきたら、必ずやお礼を言うつもりだった。素晴らしい日本のおもてなしの心で、ではなくおじさんのつちかった技術で、綺麗にしてくださって、ありがとうございます。おばさんとのナイスなチームワーク、拝見いたしました。よかったら一緒に写真を撮ってもらえませんか。そんなことまで言ってしまわないかと思ったし、言える私ならいいのにと思った。おじさんは、毎日の流れ作業のうちのひとつなのに、そんなとりたてて言うほどのこともないのに、と思いながらそうは言わないだろう。一方で、私のことを娘のようだと思い、私みたいな娘か、娘みたいな私と、今度飲みに行きたいと思いながらそれも言わないだろう。はにかみながら、ああどうも、と言って、次の新幹線はアレだからあの手順と、すぐに忘れてしまうだろう。

いいや忘れない。夏が終わってもう秋の、でもそれは夏休みのなかの、だから繁忙期と呼べる日曜日の、Maxときの、9号車の、前から二番目に並んでいた三十歳くらいの女の子に、テーブル拭き技を褒められたことを一生、一生ぼくは忘れない。いや、おじさんがだ。とにかくありがとう。言ってくれてありがとう。いやおじさんありがとう。おばさんもありがとう。

でもそこにおじさんはおらず、おじさんがいたらおばさんにもお礼を言ったのに、おばさんだけだったからおばさんにはなにも、言えずに私は、客のためにふたたび開いた扉から、おばさんに一礼をしただけで、二階部分にはやく席をとろうと、乗り込んだ。

あの造花を、おじさんは、私にくれればよかった。おじさんのは、黄色の花だった。

花の印象

平山城の堀端をめぐる
水を頼りに朽ちる落葉は
いくらでも次の季節へ向かう

ファインダーのこちらに
葉桜を呼び起こすためか
鼻と喉の繋がりに桜餅の匂い

そうではなく

枝を降りる雀
続いて枝へ上がるもの
土をついばむ影は動き
幹の影とよく混ざる

光量が要るから
さきほどの狂い咲きの
内側に残る白を充てる
花の印象

渡す手

粉のような草花が、そのあたりに近景も遠景もなくございます、その一帯は私という存在よりも上位であることを提示し続ける、差し入れた腕が掠れるようなことにもやはりなるほどと、一抹の恐縮が灯る。

世界は、と言い、その音のうち愛を取り出したあとに咳く、唇を手の甲におしあてて離すと、なにもかも話し終えたあとのように息が肺の底へ降りてくる。そこへ松明をかざしに、小さな方たちはいらっしゃる。

摘んできたものを珍しいから咲かせるとがんばって、養分を買いに行くはずのあなたがシンクをよぎり、昼に掠れた私の腕を、しかとあるもののように抱きに来た。小さな方たちは左に寄り、私の内膜へ触れて湿らせた手で、松明を握り消す。

今日の一枚、それが花野として翌朝またございますならば、その一層下のここもまた、話者の息に満ちた部屋のようにあるでしょう、そこに私の、臓器は飴の類なので、喉から入って私のかたちに、落ち着くつもりなのです。

雨は冷えて、私からあなたのかたちに移り歩く小さな方たちに、
細かな茎や葉が配られていく。

遊べる日

私と君には
遊べる日がある
市営地下鉄の線路が
地上を通るこのあたりでは
橋からそれをいつも見下ろす

アベリアの葉をちぎり合って

葉脈の強さを比べていると
目白色の胴で、透明の羽の
蛾の仲間が来て蜜を吸う
こちらの背の低いのはサツキ
私たちが吸うのはツツジ
花びらを噛むと酸っぱいことは
私が君に教えてあげた

君と私は同じマンションで一緒に学校へ行く
クラスは別だから帰りは別の人と帰ればいい
雨の日のエレベーターホールに一輪車は赤い
ホールの端から端までならうしろ漕ぎできる

君がしている
爆弾を避ける迷路のゲーム
そのうしろから
次に爆発する爆弾を見つける
爆発の音は爽やかで
画面の中の人は
なんどもなんども死んだ
君と私は笑って
ずっと死なないでいた
日が入らない子供部屋

私と君には
遊べる日がある
私にも君にも
弟がいる
広場にやってくるレンジャーショーに
どちらかのお母さんが連れて行ってくれる

行くということ

なんなく飛び立った飛行機の
席の正面のスクリーン
小高い山を擁する公園の
整備された遊歩道のうねりが白く浮く

昨日歩いた大通りの
横断歩道の途中

髪を結び直していた
　女性のまなざし

埋立地の台形のつらなりの内側を
さらに長方形に分ける工場
そのうち家々が微塵となり
丘、幾分かの川の蛇行
手前にうすい雲を通過させながら

　あのあと駅の端で見た
　天井を這うパイプ
　柱に沿っておりてくるパイプ

通過駅をすれ違う急行同士

ちいさく動き続ける点は
この飛行機の影
点はまもなく見えなくなり
二本の川が平行に走るところまで

映らなくなったテレビの
点検に来るという人の
受話器越しの声
電子化された音のもつれ

空港からは快速
枯木立を抜けると
遠巻きに団地が続く
ソーラーパネルの屋根
畑のなかの青空色の小屋
実家のあたりにはなさそうな農業

横顔の縁の
イヤフォンの白も含めて
車窓に映る
はじめて聴く懐かしい曲
たとえば麦畑を思わせる

運動場の前に松の木がせり出し
物流センターの横を貨物が占め
その次はなにかドームのような
そこでも行われていることがあるのだろう
急なタワーマンションと
その隣の白い家の一階は工務店

太鼓で拍子をとる曲
火のまわりを踊るのに適する
今を眠るための曲
広げた羽を撫でておさめるような

抑揚が遠景に溶ける

大型ショッピングセンターの奥の
観光用に残した煙突
橋を渡るとき音が変わる
川をむこうまで目が追えば
雪の頂
実家のあたりでは見ない山脈

口元のほころびを
二本の指でおさえ
上着を着て電車を降りる

目で数えているうちに
なくすことが多いのだった

目の粉

夕方少し眠った
左手の中指を目頭に押し当てる
指を見ると
部屋の電球に照らされた指紋の一重ごとが光る
目を囲うように塗っておいた粉のきらめきを
指の汗が奪う
指先の中央に浅黒い目やにが少しとれる

拭うこともせずに爪を切ったばかりのその指の
爪のきわあたりで左目の目尻から下瞼を拭う
黒い繊維が爪に絡む
それを親指の爪で弾いてから
中指のあぶらをほかの指にもまわす
左手のすべての指が光る
薬指の第二関節まで、人工の粉が光る

手の甲側の人差し指の付け根の
一度治ったはずの虫さされを
ふたたび掻き壊したものが、治りつつある

紫がかったふくらみの真ん中と端に点の傷が二つ
どちらもかさぶたを得て
これは蚊ではなかった

手を握って開いたら
朝焼の波打ち際
いたるところが輝いて
手相のよいものとされる十字の奥まったあたりにも
目の粉がゆきわたる

右手の人差し指と中指で右目の目頭と目尻をおさえる
赤い

海の家から見る海岸
後部座席の窓から見える川
そういった短い地平
右手の指紋もことごとく粉とあぶらにまみれる

両目をかるく、閉じ直す
冷えたメリーゴーラウンドと
ただの悲しい歌のそこだけ新しい音の展開
爪のまわりの乾いた皮膚を別の爪で刮げ落とす
カーテンを閉めて帰る

目次

佐藤文香｜さとう・あやか

句集に『海藻標本』、『君に目があり見開かれ』、『菊は雪』、『こゑは消えるのに』、オンデマンド詩集に『新しい音楽をおしえて』がある。

カバー英訳「森と酢漿」

Corey Wakeling
小磯洋光
協力：京都文学レジデンシー

デザイン

佐野裕哉

渡《わた》す手《て》

著者　佐藤文香《さとうあやか》

発行者　小田啓之
発行所　株式会社思潮社
〒162-0842
東京都新宿区市谷砂土原町3-15
電話：03-5805-7501（営業）
03-3267-8141（編集）

印刷・製本　藤原印刷株式会社

発行日　2023年11月30日 初版第1刷
2024年2月28日 初版第2刷